PENSÉES D'UN CITOYEN

PAR

25 c. 25 c.

AUTEUR DE LA

LANTERNE D'UN CITOYEN

S'adresser à

E. MERVAUD

Passage de l'Opéra

32, Galerie du Baromètre

(*Office Boubuis*)

PENSÉES

D'UN CITOYEN

UNE SAISIE & EXÉCUTION

DE LA

LANTERNE D'UN CITOYEN

Eh bien, là, franchement, je ne me croyais pas si terrible!

Croiriez-vous que j'ai parlé politique dans un numéro de la *Lanterne d'un Citoyen*?

Mon Dieu, comment ai-je donc fait pour cela !

!!!

Oh ! messieurs les juges, c'est bien innocemment, allez ! et je vous demande très-humblement pardon de ce moment d'absence. J'avais complétement oublié, voyez-vous... que le cautionnement n'était pas déposé... Vous savez, ce fameux cautionnement, qui muselé le pauvre et emprisonne la grande voix de la *vile* populace.

???

Ce maudit dépôt était sorti de ma cervelle? Je m'étais probablement cru un instant dans un pays inconnu, où la justice, les lois, le code, n'existent pas, en un mot où la civilisation, la direction, l'administration sociale n'ont jamais vu le jour... Mes pensées planaient sans doute au delà des pôles, et me croyant entouré d'une peuplade sauvage, je me suis cru autorisé à parler politique sans avoir donné à l'avance une certaine somme pour cela !

Ou bien, peut-être que mon esprit malade était transporté dans une de ces îles lointaines où tous les hommes s'appellent frères, sans distinction de race et de rang et où la liberté de parole est un bien acquis par tous...

C'est positif... allez MM. les juges... j'étais complétement sorti, je ne me croyais plus du tout dans cette belle France, que nos pères ont rendue libre et puissante jadis, mais petite aujourd'hui, humiliée, humble, pantelante, par le fait de misérables couronnés qui, après l'avoir ignoblement exploitée, prostituée et vendue, cherchent encore à lui percer le cœur aujourd'hui. J'avais oublié que les complices du démembrement de la France...

étaient encore là, postés dans l'ombre, puissants, grouillants, prêts à fondre sur ceux qui veulent relever la liberté et, par suite, la grandeur de la patrie !

Dame ! que voulez-vous, on a de ces oublis-là ! quand on est enfant de la rue !

On a tellement retourné et retapé les mots « liberté ! égalité ! fraternité ! » Les lois ont été si souvent portées au remastiquage et au replâtrage ; on a tant de fois faussé et bouleversé l'ordre social ; tant de consciences ont été si vilement achetées, métamorphosées et truquées pendant les trente années de royauté et les vingt ans d'empire, qu'il est bien pardonnable de s'oublier une minute ? — On se perd souvent dans la forêt de Bondy !

? ? ?

Mais la saisie des *deux numéros* que vous êtes parvenu à faire dans nos bureaux m'a réveillé tout à coup. La réalité m'est apparue avec le mot cautionnement. J'ai tout de suite compris, allez !

Je ne pouvais plus parler sans déposer à l'avance la somme énorme d'un cautionnement politique.

!!!

Ne plus parler !

Pauvre je suis, pauvre je resterai, pauvre je mourrai... mais je veux parler ! parler c'est ma vie !

Et quoique cette loi soit faite dans le but évident d'arrêter la grande voix du peuple, elle n'arrêtera pas la mienne.

Ecoutez :

J'ai vendu tout ce qui ne m'était pas nécessaire. — Ce que je n'ai pu immédiatement liquider, je l'ai engagé.— Tout ce que je possédais, *tout!* entendez-vous! — et ce n'était pas lourd, — y a passé! — Et je vous jure que ce n'est pas sans peine que je me suis vu en possession des nombreux louis que j'ai jetés lundi dernier dans vos caisses!

Aujourd'hui je suis complétement à sec, c'est vrai! mais je puis parler.— Je puis dire, non pas tout ce que je pense, mais une bonne partie de toutes mes pensées. — C'est toujours cela.

Pour moi, si ce n'est pas la richesse, c'est le bonheur!

Que voulez-vous : tous les goûts sont dans la nature :

? ? ?

Ceci bien posé, je commence :

Il faut parler — avec la loi

Ainsi, c'est bien convenu il faut se coudre la bouche et murer sa pensée : — le Président l'a dit, de Broglie l'a dit, de Fourtou l'a dit, les Préfets le disent !... les Sous-Préfets le répètent... et les Maires l'affichent.

Tout ce qui parle contrairement à ce que prescrit le Ministre est contre lui ! Tout ce qui crie et fait appel au bon sens cherche la guerre civile, la discorde.

? ? ?

Pour vivre de sa plume, il faut absolument dire que ce qu'a fait le Maréchal de Mac-

Mahon, duc de Magenta, et président de la République, le 16 mai, est digne d'être couronné et mérite les applaudissements de la foule.

! ! !

Et bien, non ! mille fois non !...

Il faut parler.

? ? ?

Pour ma part, je voudrais que ma voix fût retentissante comme un coup de canon et traversât les quatre coins de la France, avec une vélocipédité dont l'électricité même ne donne pas une idée, pour aller dire à tous :

— Celui qui en 1830 et 1848 exposa sa vie pour la cause de la République ne doit pas se taire! son silence serait un crime.

? ? ?

Trois fois la République sauva la France de la banqueroute en acceptant et payant par son travail les dettes des usurpateurs, et trois fois la patrie remise à neuf se fit de nouveau exploiter et ruiner.

Aujourd'hui, pour la quatrième fois, après sept années de peines, de privations, de souffrances et de patriotisme, le peuple a remis la France debout, encore quelques mois et la République forte, robuste et majeure, allait reprendre son formidable rang dans le concert européen.

? ? ?

C'en était trop pour ceux qui depuis près d'un siècle se repassent de chutes en chutes, de dégradations en dégradations, la vile mission de ruiner la Patrie.

* * *

Laisser la République achever son œuvre de pacification, d'unité, de progrès et de paix, était l'anéantissement complet de leurs lâches manœuvres.

III

En ce moment, je parle en vrai citoyen, en fils de la France et de 89, — et comme tel j'ai bien le droit, il me semble, de relever haut la tête, comme doit le faire fièrement tout homme de cœur, pour défendre l'inviolable principe de l'affranchissement du peuple ! ! !

Assez de phrases creuses et sans but..... il faut s'expliquer !

Aujourd'hui le gouvernement légal, le seul, acclamé par la majorité des Français est la République... On ne peut le nier. — C'est lui qui a chassé les Prussiens en versant en trois années cinq milliards. C'est lui qui a réorganisé l'armée dont la dernière revue donne une idée suffisante et rempli nos arsenaux pillés par l'empire, c'est son caractère... imposant, sérieux, qui, en voulant la paix en ce moment, empêche le bouleversement de l'Europe ; raison puissante, et que ne vaincront jamais les partisans de rois.

? ? ?

Voyons, devant de tels faits le bon sens parle et dicte à tous le chemin à suivre !

Les légitimistes maltraitent tout haut la République ; — on les laisse dire !

Les orléanistes ne cachent pas qu'ils attendent la mort de la République ; — on les laisse dire.

Et les bonapartistes, sans honte, — ils ne peuvent plus en avoir, — hurlent par-dessus les toits qu'en 1880 ils mettront la France à feu et à sang s'il le faut! — ils y sont habitués! — pour rétablir sur le trône leur inutile rejeton; — on les laisse dire!!!

Seule, la République, bafouée, dénigrée, conspuée, doit se taire. — Mais, si quelqu'un doit avoir la parole, ce sont les républicains, il me semble, et le rôle de courber la tête ne doit appartenir qu'à ceux à qui la France doit le déshonneur des invasions étrangères!

? ? ?

Je conclus donc..... Il faut que tout arbitraire cesse... ou sinon l'histoire jugera bientôt les hommes assez téméraires pour oser écrire sur leur drapeau :

« *Le Droit, c'est la Force!* »

Nouvelles à la main

La rage sévit en ce moment d'une façon terrible !

Jusqu'à ce jour, les savants nous avaient affirmé qu'elle n'était spontanée que chez les chiens et chez les loups.

Les savants se sont trompés. — Ils ont oublié les ultramontains. — Pourquoi ?

Parce que cette race de bipèdes à face humaine est, en ce moment, plus intraitable que jamais, et qu'on ne peut les appeler imposteurs, sans que la bave ne leur vienne à la bouche !

Signe caractéristique.

*
* *

Et, ce qui est le plus curieux, c'est que ce sont eux les enragés, et que c'est nous qu'on veut museler.

Y. Y. Y.

Le pape ne va ni mieux ni plus mal.

? ? ?

Tant pis... pour son successeur! car c'est une place assez lucrative... quoique divine...

Cependant, ses médecins vont lui conseiller de se baigner dans l'eau des anciens bains romains, qu'on transportera de Civittà-Vecchia au Vatican???

!!!

Des bains aux douches, il n'y a qu'un pas... Espérons qu'on le franchira.

X. X. X.

Un de nos nouveaux préfets vient dans une petite imprimerie de nos boulevards commander des cartes de visite :

— Combien monsieur en désire-t-il? un cent,... deux cents...

Le préfet, après une minute de réflexion :

— Oh! mon Dieu! non. Allez, une douzaine sera suffisante.

. . . .

! ! !

. . . .

En voilà un qui ne s'illusionne pas, au moins.

. . . .

? ? ?

. . . .

La scène se passe chez un pharmacien.

La boutique est remplie de dames.

Un rédacteur du *Figaro*, se grattant continuellement, pousse la porte et entre à son tour... En voyant tout ce monde... il s'intimide et veut fuir!

Le pharmacien le rattrappe :

— Monsieur désire???..

Le rédacteur en question, se grattant toujours, — le prend à part dans un coin et lui dit :

— . . . . ?

—Le pharmacien le regarde, et, souriant :

— Ce n'est rien ! dans 48 heures il n'y paraîtra plus ! Il faut prendre???..... — pour combien en voulez-vous ?

Le rédacteur se grattant de plus en plus :

— Pour deux sous, combien peut-on en tuer?...

—Oh! des quantités, douze à quinze cents...

Le rédacteur du *Figaro* n'y tenant plus... et tout bas :

— Alors, monsieur, donnez-m'en pour 3 fr. 50 !!!!!...

Pensées d'un Citoyen

Comme le tigre guettant sa proie, l'infernale association s'était cachée... puis sur le peuple qui dormait du profond sommeil du travail ils s'élancèrent tout à coup!

Mais, chose inouïe, de cette attaque soudaine, de ce choc imprévu, aucune étincelle ne jaillit, le serpent à trois têtes avait manqué sa proie.

. . . .

Le peuple, — la proie, — haussa les épaules et passa, dédaigneux, calme, impassible...... mais plus redoutable.

*
* *

Il rentra chez lui et se coucha très-tranquillement au lieu de courir sur les boulevards renverser les kiosques. — L'émeute manquant, l'attaque du tigre était à recommencer.

? ? ?

Des momies se fussent trouvées embarrassées... mais eux???....

Et voici le raisonnement qu'ils se tinrent.

— « Le peuple ne sort pas, parce qu'il n'a pas faim ! — Assommons-le ; c'est bien simple... Supprimons-lui son travail... Ce travail qui est la seule richesse du Citoyen pauvre, le travail qui lui permet de bien soigner sa femme, sa mère, ses enfants. »

* * *

Nul doute que, lorsqu'il verra sa famille sur la paille et demandant du pain, la colère ne le prenne!

Alors comme le lion affamé, l'œil ardent! il sortira.....

Ce sera le moment!...

— Oui, mais comment arrêter le travail, ont dit les jeunes amphibies?...

— Naïfs!!! en supprimant le commerce?

— En supprimant le commerce, mais comment?

— Ecoutez :

*
* *

En faisant à la France une politique de bascule sans lendemain. — La France veut la paix? Préparons-nous à la guerre; le pays court à la prospérité? Faisons-le courir à la débâcle, à la ruine. » Le pays veut parler? Muselons-le? — Il veut marcher en avant? — Allons en arrière. — Et de ce gâchis continuel, de ce va-et-vient mortel, que nous entretiendrons, sortira bientôt un amas de boue dans laquelle la France sera embourbée.

Alors, à ce moment-là, nous nous montrerons et prouverons par A plus B à cet idiot de peuple que deux et deux font sept et que le blé ne peut pas pousser avec le soleil de la République. — Tout ce mal que nous aurons fait sera endossé par cette vilaine République et il n'y aura plus qu'un moyen pour sauver la France, ce sera d'appeler le petit Phénomène IV, qui, probablement, a rêvé que l'empire français lui écherrait avant 1880, et qui se dit ainsi que les autres prétendants :

Les Prussiens ont quitté le sol français; les cinq milliards sont payés; la moisson sera bonne; les greniers sont pleins ; l'armée est solide... Le Trésor regorge. — On reconstruit les Tuileries... Rentrons en jouissance.

? ? ?

— Oui, mais, continueront les obstinés :

On parlera.... un cri d'indignation s'élèvera de la masse et....

— « Incrédule.... et la Nouvelle-Calédonie?

. . . .

Explication du mot « Radical »

Radical, — en *botanique*, se dit des feuilles qui naissent du collet de la racine. — Au *figuré*, radical se dit de ce qui est le principe, l'essence de quelque chose. — En *grammaire*, radical se dit de la partie invariable d'un mot, et signifie : essentiellement, complétement. — En *politique*, radical désigne celui qui veut... qui rêve l'extirpation de tous les abus jusqu'à la racine...

? ? ?

Ainsi, être radical, c'est vouloir extirper

tous les... abus!... C'est Bescherelle qui le dit.

Bon!... oui... mais qu'entend-on par abus? .

Ah? voilà!... Ouvrons le dictionnaire.

Abus!... Mauvais usage, désordre... Erreur.

Diable!

Autrement dit : extirper tous les *abus*, c'est vouloir empêcher le mauvais usage, le désordre et l'erreur...

Et pour empêcher tout cela, il faut naturellement être radical, puisque ce mot signifie — de par la langue française — *extirper les abus!*

? ? ?

Voilà ce qui s'appelle : barrer les *t* et mettre les points sur les *i*.

! ! ! !

Il découle donc de ce petit raisonnement grammatical, dont le seul défaut est d'être irréfutable, que ce qui engendre fatalement le moi *radical*, c'est l'*abuseur !* c'est-à-dire — reprenons le dictionnaire — celui qui *abuse*, qui trompe!...

! ! !

Ce qui fait que le Code, s'il avait à traduire en correctionnelle ces deux mots, serait forcé de déclarer l'*abuseur* un bien grand coupable, et de reconnaître le *radical* comme une espèce de vengeur créé par l'*abuseur* même pour le punir.

Aneries Bonapartistes

Tout le monde sait que l'ex-journal l'*Empire* s'appelle maintenant le *Combat*.

J'ignore si le petit Vélocipède IV fournira les balles . . . et les ramassera dans le *Combat* en question ; mais ce dont je suis certain, c'est que si les auteurs de cette bataille ne sont pas plus malins qu'en 1870 ils risquent fort de prendre un autre chemin que celui de Sedan, d'où ils reviennent : celui de l'*oubli éternel*.

*
* *

Il eût été bien facile, cependant, de trouver un titre tout fait pour eux : *Le Vaincu*, par exemple, ou *le Fuyard*.

? ? ?

Tout son esprit est dans les lignes suivantes, qu'ils n'ont même pas su tourner intelligemment :

« Notre véritable programme, le seul qui
» ne mente pas, se trouve dans l'histoire de
» notre passé. *Ce qu'il a été, il le sera, ce qu'il*
» *a fait, il le fera encore !* »

Ah ! bien merci, vont s'écrier en chœur les plus simples paysans . . . Nous sortons d'en prendre !

! ! !

Décidément, la rédaction a dû être recueillie dans quelques coins perdus où l'esprit du langage français n'a jamais passé.

Nous, républicains, pardonnons - leur ; et vous, représentants *commissionnés* de la maison de Dieu et Ce, priez pour eux !

? ? ?

Dans une petite brochure, destinée à être répandue dans les campagnes, d'*honnêtes* écrivains, faisant de l'histoire à la *ortée de paysans*, ont le courage d'affirmer sans rire que les chefs montagnards détachaient les oreilles des suppliciés pour s'en faire des cocardes. . . .

* * *

Je crois bien . . . . . mais ce qu'ils ne disent pas, c'est que, pressés par la faim ! ces mêmes chefs pulvérisèrent et pétrirent ces oreilles menu . . . menu et en firent une certaine pâte . . . . à laquelle l'on donna le nom de fromage de . . . . cochon.

Horreur ! est-ce croyable ?

! ! !

Si ce temps-là revenait et que le petit numéro 7 vînt à se trouver au nombre des *victimes*, je me demande où l'on pourrait trouver un chapeau assez phénoménal pour planter les panonceaux légendaires qui ornent les deux côtés de sa façade impériale.

Y. Y.

Paul de Cassagnac s'écrie dans un de ses articles charentonnais :

— Oui . . . oui . . . nous tiendrons toujours le haut de l'échelle sociale ! ! !

— Hé bien . . . gourmand, et la vile populace, où la placez vous ?

— Au bas ! . . . tout au bas . . . parbleu ! . . .

— Alors . . . Popaul, tu perds la boule . . .
— Cette place-là est la meilleure, puisque lorsque le peuple secoue le bas de l'échelle ceux d'en haut . . . . . dégringolent !

Et dame ! . . . plus on tombe de haut . . . plus on se brise . . .

Qu'en penses-tu ? . . .

X. X. X.

L'amphibie *Ignotus*, dans un article du *Figaro*, a voulu nous enseigner : « l'Art d'être Impopulaire ! »

Il est vrai que le héros de son histoire était, du reste, bien choisi !

Seulement, il eût été bien facile à ce monsieur Alphonse du pouvoir d'éviter à ses lecteurs la honte de lire quinze cents lignes pour prouver que : « l'Art d'être Impopulaire » veut dire : « Etre capable de toutes sortes d'ignominies pour tuer la Patrie. »

Y. Y. Y.

Bien des personnes ont dû se demander ce qu'étaient devenus les trois petits morceaux de pierre que Ricord avait extraits de la vessie de l'ex-empereur.

Eh bien ! un de ces cailloux du . . . Bas-Rhin du bassin couronné a été minutieusement mis de côté par sa noble compagne, et ne se montre que les jours de grande réception . . . aux véritables amis . . . qui le contemplent aussi religieusement que les morceaux de la *vraie* croix . . .

Le deuxième a été donné comme talisman à Rouher, qui l'a fait immédiatement monter sur épingle.

Il ne met cette épingle que dans les grandes occasions ; — mais, cependant, il évite de la porter immédiatement après son déjeuner . . .

Il a le cœur . . . . si mal placé ! . . . .

Et le troisième a été avalé par le petit prince avec une composition devant le fixer jusqu'à sa mort dans les intestins !

Nul doute que, lorsqu'on ouvrira le ventre de l'unique rejeton de la famille des *Incurables*, la pierre ne soit changée en une énorme perle fine !

X X X

Une curieuse annonce du *Figaro* indique le moyen de se *payer* la trompette de *Paul de Cassagnac*, empaquetée franco, pour 1 franc en timbre-poste.

Nous ignorons la part de bénéfices que la défunte cause bonapartiste va encaisser sur les 7 commandes de photographies parvenues dans l'espace de onze jours des quatre coins de la France, au bureau central de vente... Mais je vais indiquer gratuitement à ces *sept* malheureux admirateurs de Sa Majesté *Mille-Gueule* le moyen de tirer parti de ce carton, indignement mutilé :

Ne pouvant s'en servir comme papier, — dans les cas pressants,— vous prenez la photographie en question, vous la pendez au plafond de votre domicile... et au bout de deux jours... trois jours au plus... toutes les mouches et insectes, susceptibles de vous empoisonner, auront disparu.

Les Paillasses du Jour

L'autre jour je me suis occupé de M. de Villemessant, le sauteur de cercle, le paillasse en journalisme par excellence et lui ai dit sincèrement ce que je pensais à son égard — ce que doivent penser, du reste. tous ceux dont les principes sont inviolables.

Il n'est pas de mon bord, mais ce n'est nullement ce motif qui m'a fait flageller ce caméléon sans pareil.

Je l'ai fouetté parce qu'il le mérite et qu'il deshonore même, par sa publication, les hommes plus ou moins respectables qu'il soutient.

Il est vrai que les hommes véritablement respectables qui rédigent cette feuille sont tellement rares! ! !

? ? ?

Enfin ! toujours est-il que le nom d'un homme d'Etat couché sur cette feuille — le *Figaro* — est entaché perpétuellement, — et qu'aucun acte, même légal, ne peut lui enlever cette tâche dans l'avenir.

L'encens qu'elle jette à la face de ses idoles est une boue puante et infectée qui s'incruste comme un corrosif sur leurs fronts, leur faisant une auréole repoussante qui les fait reconnaître toujours parmi les hommes honnêtes, loyaux et profondément vrais en politique.

? ? ?

Proposez à Monsieur de Villemessant qu'il place deux millions sur la vie de n'importe quel gouvernement qu'il encense — j'allais dire qu'il empoisonne — et vous verrez ce qu'il repondra . . . . .

! ! !

Monsieur de Villemessant est un maître dans l'art de former la jeunesse pour toutes le roueries du journalisme. C'est avec sûreté qu'il indique toutes les ficelles au moyen desquelles un bohême peut vivre des années sans argent. — Il a passé par là !

Le fameux Gaston . . . Vassy est un de ses élèves. — Oui, il se nomme Vassy pour ses fournisseurs, Gaston pour les femmes, et Pérodot pour ses créanciers.

Gaston achète voiture et cheval pour promener Vassy . . . mais Pérodot oublie de payer.

Quand on réussit dans cette voie ,cela mène infailliblement au but que vient d'atteindre de Villemessant... lorsqu'on échoue, on peut être assuré du concours de la Correctionnelle et d'un logement gratuit à Mazas..

Ce Gaston Vassy, bien connu dans les brasseries à femmes du boulevard, est parvenu à la triste destinée qui l'attend, grâce à l'école du jeune premier de Villemessant.

Rédacteur de confiance jadis de Boule-de-Loto 1er, il était chargé de l'important travail des *Informations clandestines* du *Figaro*.

Ce qui est le plus regrettable, c'est qu'il

soit parvenu, grâce à sa nature de couleuvre, à se glisser jusque dans les bureaux d'une respectable feuille dont le nom lui sert trop souvent d'éventail auprès de fournisseurs abrutis.

Mais, passons, un autre nom, toujours de l'école de de Villemessant, nous vient à la bouche.

? ? ?

Connaissez-vous Jules Amigues ?

— Oui !

Eh bien ! tant pis pour vous !

— Non !

Alors tant mieux, vous n'y perdez rien.

C'est un bonapartiste.

!!!

Ce nom me rapelle une petite histoire que je vais vous raconter en peu de mots :

Il y avait en 1872, une petite imprimerie borgne, dirigée par un monsieur du nom de Kimm, également borgne, sise dans un racoin de la rue Paul-Lelong. L'imprimeur, plusieurs fois saisi, était bien l'homme de Jules Amigues.

N'ayant trouvé nulle part un imprimeur voulant se salir au point de lui imprimer son journal, — l'*Espérance*, il s'était rabattu chez l'imprimeur borgne en question.

Une équipe fut recrutée avec assez de peine, et, avec une rédaction trouvée dans l'île de la Dèche . . . Jules Amigues commença . . .

Un numéro parut, apportant ainsi l'*espérance* aux pauvres bonapartistes d'alors, qui, avec la *Foi*, qu'on leur connaît, firent la *Charité* de dix-sept abonnements au directeur . . . . Un millier d'exemplaires furent vendus . . . et il est inutile d'ajouter que, lorsque Jules Amigues eut déjeuné sur les 57 sous restant du bénéfice, — sans avoir payé les frais bien entendu, — les rédacteurs durent ce jour-là reculer la boucle de leur pantalon ; — quelques-uns n'en ayant plus resserrèrent leurs ficelles.

Un second numéro parut . . . . . . puis un troisième . . . . .

Mais, hélas, comme la sœur Anne, les rédacteurs ne voyaient rien venir, et, quoiqu'on prétende que l'*Espérance* fasse vivre, le bureau de rédaction s'emplit bientôt du bruit intolérable d'une quantité de boyaux demandant du pain . . . avec un peu de fromage, en attendant ! . . .

Rien ne parut . . .

Enfin, un beau jour . . . Jules Amigues, le fort, le puissant bonapartiste, oublia de venir ! . . . et le numéro de ce jour-là ne parut pas . . . ni le pain . . . et fromage non plus . . .

Alors, saisis d'une colère épouvantable, ces nouveaux naufragés de la *Méduse* ne parlaient rien moins que d'aller dévorer le Jules déjà trop de fois cité . . . . . La crainte seule de s'empoisonner, — je crois, — les retint.

Mais leur fureur se tourna bientôt sur le matériel et deux d'entre eux — Hugues et Carré — se ruèrent à coups de pieds et de poings sur les *planches* qui, la veille encore, annonçaient aux rares croyants le retour de l'Empire comme certain . . .

Hélas, comme l'argent . . . le morceau de pain et le fromage . . . l'Empire ne devait jamais venir.

! ! !

L'*Espérance* fût bientôt un monceau de ruine ,et, brisée, hachée, enterrée, elle gisait au milieu de l'atelier semblant demander pardon pour l'imprimeur, qui, pensif, regardait tout cela d'un œil consterné . . .

Lui non plus ne vit jamais rien venir.

? ? ?

Qu'en dites-vous . . .

Croyez-vous que ces messieurs de la bande de Bondy pourraient seulement trouver un fait, — approchant ou ressemblant tant soit peu à celui-ci — dans les annales de la presse libérale ?

Je les en défie.

Tandis que moi... j'en ai encore plusieurs dans ma hotte que je réserve pour la bonne bouche entre la poire et le fromage.

Télégraphie privée

Château d'Eu, 4 h. soir.

Chevaux de M. le comte de Paris emportés, voiture renversée, brisée... M. le comte, intact !

En voilà un accident peu intelligent.

*
* *

Rome, Vatican, 5 h. soir.

Pape, dit mort depuis trois ans par maudite presse radicale, s'est réveillé subitement.

Il a mangé avec beaucoup d'appétit... pour neuf jours... et s'est rendormi après avoir donné sa bénédiction !...

Dormons en paix...

*
* *

Bourges, 5 h.

Plus personne à Bourges, le dernier des 67 voyageurs venus pour admirer le maréchal vient de partir en vélocipède.

*
* *

Bourges, dernière heure.

Quantité de viande, poisson, légumes pourrissant chez les restaurateurs, trop enthousiastes, — sont distribués gratuitement à tout éleveur sans distinction.

*
* *

Le Puy, 5 h. 1/2.

Arrivée dans nos murs de l'illustrissime M. de Meaux... 1,200 drapeaux commandés... Balcons en location à *prix réduits*.

Un bon point pour cet encouragement au bien.

GUERRE

Saint-Pétersbourg, 6 h. soir.

Poste avancé — douze hommes ont fait prisonniers trois cents Bachi-Bousouks éclaireurs et cerné l'armée turque.

*
* *

Constantinople, 6 h. 1/4 soir.

Dix-sept irréguliers turcs, sous le commandement d'Ali-Ben-Mohamet, ont arrêté l'avant-garde russe, — Engagement sérieux, — six cents Russes hors de combat, — un Turc blessé légèrement.

Et vice versâ !

REVUE DE LA SEMAINE

Samedi. — De Cassagnac va poser pour sa photographie qu'il ne peut parvenir à rendre aimable.

Il reçoit un télégramme de Rouher qui l'invite à la modération sous peine de tirage d'oreilles.

De Cassagnac lui répond par télégraphe que c'est un vieux cerf qui va bientôt se faire passer dans le parti pour un daim. Il va jusqu'au mot *ramolli* et lui fait comprendre qu'il *foire* dans ses chaussettes.

Rouher lui répond qu'il ne supportera jamais un pareil langage de la part d'un Morico, surtout depuis qu'il représente, *à lui tout seul*, le bien du peuple à 20 0/0.

???

Dimanche. — Rouher dépêche immédiatement, réponse payée, à l'ex-impératrice aux cheveux couleur de queue de vache indisposée, que Popaul l'a traité de va-nu-pieds, de prince de la « *Douceur* », à soi, tout seul d'em..... bêtement perpétuel..... et qu'il demande pour cet étourdi la peine infligée habituellement aux eunuques.....

Eugénie répond que cela est impossible ! qu'elle ne peut avoir à son service de pareils mutilés..... que de Cassagnac est beau..... que de Cassagnac est grand et qu'on le lui envoie, *franco*; qu'elle se chargera de le mettre à la raison.

Rouher n'adhère pas à cette fin de non-recevoir, il se regarde dans la glace.....ralligne ses mèches, essuie ses lèvres, cligne les yeux et prend le train..... pour le gros numéro de l'adresse de sa Majesté Badinguette.....

Avec la vitesse d'un poisson, il arrive..... Il culbute la valetaille..... pénètre dans la succursale du trône..... plante la couronne poussiérée de l'Inutile III sur sa tête et fait dire que le représentant de l'*Incroyable Phénomène* fait mander la compagne de *Vingt années d'escroqueries*.

Elle apparaît, astiquée, pomponnée, bichonée, pommadée et ridée.....

Rouher éternue et commence :

— Il faut classer, madame, Popaul parmi les *oublieux* : c'est indispensable : Jusqu'ici nous ne connaissions que le monsieur qui emmène sa femme à la campagne et qui *l'oublie* au moment de solder l'addition. — Nous avions également l'homme qui *oublie* de retirer sa chique en vous embrassant sur la bouche, — et, permettez-moi de vous citer la vilaine phrase d'un radical : « Napoléon III, notre auguste maître, qui *oublia* son honneur à Sedan après avoir *oublié* de rendre les milliards de la France escroqués dans les caisses de l'Etat. — Affreux mensonge que vos diamants, vos châteaux et votre cassette peuvent heureusement démentir, — et que la sueur du peuple a depuis longtemps déjà fait oublier . . . mais ce que je ne connaissais pas, c'était un homme assez osé pour *oublier* qu'il devait non-seulement son nom, sa fortune, sa réputation à l'Empire, mais encore son droit de parler. Cet homme-là, c'est de Cassagnac ; oui, madame, de Cassagnac, votre bijou, votre trésor, votre tout . . . enfin . . . vient de me bafouer.

Eh bien, moi, Rouher l'Auvergnat, Rouher l'imbécile, Rouher l'hippopotame, je vous déclare que je ne souffrirai pas une minute l'insulte de ce morveux et j'ai l'honneur, avec la perte des bénéfices de mes fonctions de représentant d'Incapable 1er, de vous remettre cette couronne, ce manteau et les

13 fr. 75 restant de la caisse, entre vos sacrées mains.

LUNDI. — Qu'a obtenu Rouher, on ne sait pas ? . . . de Cassagnac ne dit plus rien. . . . Il rumine.

? ? ?

Pendant ce temps le Roi fait sa tournée . . . la Bretagne ne mord guère à l'asticot que lui jette Henri V . . . Elle se souvient de la Duchesse de Berry, puis, la Bretagne a appris à lire couramment ; la République lui a permis de penser, de réfléchir, de juger, de voir ; elle s'aperçoit que ses landes disparaissent et que le blé pousse à la place ; elle n'est plus si crédule aux turpitudes débitées par les prêtres . . . Aujourd'hui, la Bretagne se dit : « Après tout . . . du temps . . . de ce bon Roi, nous n'avions que des poux, et depuis la République nous avons des pièces blanches à la caisse d'épargne. »

Le roi breveté S. G. D. G. est navré et réfléchit au moyen de se procurer un brevet d'immortalité pour être à peu près assuré d'assister, dans deux ou trois siècles, à son couronnement.

Pauvre bonhomme !

Mardi. — Le duc d'Aumale jubile. Rouher attaque de nouveau de Cassagnac... A qui mangera le lard ! — Il paraît que, quoique vieux, l'auvergnat a su... convaincre l'ex-régente... Il reste Empereur... et de Cassagnac reste simple saute-ruisseau.

Il l'apprend à celui-ci avec force bravade et mange dix mille francs en articles, rédaction, réclames, etc., pendant que les électeurs de ce parti se disent que, décidément, il serait peut-être bien prudent de battre en retraite sur les pays du Raisonnement et du Bon Sens.

???

Le Pape essaie bien un peu, par l'intermédiaire de Dupanloup, de faire un peu de bruit... mais c'est à peine si l'on pense encore à l'existence des représentants de Dieu.

Il est vrai que ce dernier, dont la puissance est invincible, est, — il faut l'avouer, — d'une indifférence exemplaire à leur égard.

Auraient-ils donc encouru, dans le silence... de la sacristie... la colère et l'oubli de celui qui juge même nos plus secrètes pensées.

Diable, si cela était! que penser de la Religion! Une si belle institution où on ne s'occupe que de Dieu (???)

!!!

MERCREDI. — De Cassagnac tombe comme une trombe au *Pays*. Il retire son chapeau, ne se lave pas les mains, et s'asseoit... Sa tête d'ours tombe dans ses mains velues... Il pense....

Il pense que les bonapartistes sont décidément de piètres soutiens, que la vérité est toujours mauvaise à dire dans leurs groupes, et que la *crapule* avait peut-être raison en les appelant *canailles*.

Que va-t-il faire ? lui, de Cassagnac ! — Aller à Rouher et le provoquer... Peuh ! il a juré de ne plus se battre, depuis que de plus forts que lui lui ont craché au visage... non... mieux vaut décidément faire comme le porc : s'endormir dans la fange.

Pauvre fou qui ne s'aperçoit pas que c'est justement dans ce lit-là qu'il se dorlotte depuis quinze ans.

Une parole s'échappe constamment de sa bouche en délire... — Oui, cette fois, c'en est fait... nous sommes flambés !

Jeudi. — Le *Pays*, sur l'ordre de Cassagnac, enregistre la réponse suivante, sortie de son cerveau malade : elle s'adresse au pilier bonapartiste sur lequel repose toute la défroque impérialiste.

La voici, traduite en vraie langue parisienne :

Monsieur,

Décidément, je vous avais bien jugé, vous n'êtes qu'une huître.

Celui qu'on appelait le vice-empereur n'est plus qu'un vulgaire porteur d'eau sans pratique se faisant marchand-de-coco, triste métier depuis les Wallace.

Mais je vous déclare que vous et vos augustes champions ne m'effraient pas et que, quant au rôle important que je veux jouer dans le commerce de l'eau vinaigrée, il ne ressemble en rien au vôtre et ne vous gênera pas, je vous le jure, car il ne vous disputera ni portefeuille, ni plaques en diamants, se bornant, si jamais se présentaient de lamentables journées comme celle de Sedan à ne pas abandonner ma *souveraine* au milieu de l'émeute et à rester impassible sur sur les chaises curules du Sénat, quoiqu'il advienne, plutôt que de m'enfuir, quand apparaîtraient les bandes gauloises de Belleville.

Tout cela ne nous rappelle-t-il pas le procès de Gaudry et de la veuve Gras... Qui a commis le crime ?

ILS REVIENDRONT 400

Ils reviendront quatre cents! cela est certain, irréfutable... pourquoi? Parce que le pays le veut! et que le pays c'est tout, parce que des quatre coins de la France, un cri d'indignation populaire nous arrive contre les actes que les préfets du 16 mai commettent quotidiennement.

Ils reviendront quatre cents, parce que l'indifférence, constatée à l'arrivée de M. de Mac-Mahon, à Bourges, est une preuve morale que tout homme sensé doit peser.

Ils reviendront quatre cents parce que la ligue du serpent à trois têtes est rompue et que le linge sale de cette triple association apparaît à tous au grand jour. L'artisan des villes et le paysan des campagnes n'a plus besoin de miscroscope pour apercevoir distinctement la vermine amassée dans les coutures de ce linge, grouillant et se démenant sous les chauds rayons du soleil de la République.

Ils reviendront quatre cents, parce que M. de Fourtou perd la tête, que de tous ses ordres mal préparés, envoyés à droite, à gauche, sans discernement, il ne reste qu'un enchevêtrement de phrases décousues qu'il ne peut plus réunir.

Ils reviendront quatre cents parce que M. de Broglie, effrayé, épouvanté de l'issue certaine de cette guerre politique pour laquelle le gouvernement de combat n'était pas assez préparé, voit continuellement le fantôme de la débâcle, dardant sur lui son œil infernal, le montrant du doigt et lui disant : « c'est ta faute! c'est ta faute! »

Ils reviendront quatre cents, parce que la fin de l'Empire à Sedan est un exemple frappant du châtiment réservé à toute équipée entreprise sans l'assentiment général du peuple, et surtout sans son concours acquis.

Ils reviendront quatre cents, parce que « le « ministère actuel fonde toutes ses espérances « sur la suppression des libertés politiques « nécessaires à l'exercice loyal du suffrage « univerel. — Inonder le pays de journaux « et d'écrits calomnieux, entraver la circula- « tion de tous les journaux républicains ; in- « sulter impunément la chambre dissoute ; « outrager tous les amis sincères de la cons- « titution, sans que ceux-ci puissent se défen- « dre et faire parvenir leur défense aux élec- « teurs ; tel est le grand moyen sur lequel « comptent les fonctionnaires du 16 mai pour « empêcher la réélection des 363. »

Ils reviendront quatre cents, parce que tous les honnêtes gens, tous les patriotes, tous les partisans de la liberté, du droit de réponse, unissent tous leurs efforts, font tous les sacrifices communs pour lutter contre ces pratiques funestes; tandis que ceux qui depuis cinq ans travaillent sans interruption au bouleversement du pays et à la désorganisation de l'ordre se disputent à l'avance le morceau de gâteau qu'ils ne mangeront jamais.

Ils reviendront quatre cents, enfin, parce que sincères, honnêtes, vrais, immuables et impartiaux, les 363 marchent d'un pas égal sur la vaste route tracée par la majorité du peuple au bout de laquelle est écrit : Liberté et Travail !

Paris. — Imp. E. MERVAUD, 18-19, passage de l'Opéra

MERVAUD, Imprimeur, 18-19, passage de l'Opéra.

www.ingramcontent.com/pod-product-compliance
Ingram Content Group UK Ltd.
Pitfield, Milton Keynes, MK11 3LW, UK
UKHW020420230726
13925UKWH00004B/1537

9 782014 043617